Analyse de l'œuvre

Par Lucile Lhoste

Les enfants sont rois

Delphine de Vigan

lePetitLittéraire.fr

Analyse de l'œuvre

Par Lucile Lhoste

Les enfants sont rois

Delphine de Vigan

Rendez-vous sur lepetitlitteraire.fr et découvrez :

Plus de 1200 analyses
Claires et synthétiques
Téléchargeables en 30 secondes
À imprimer chez soi

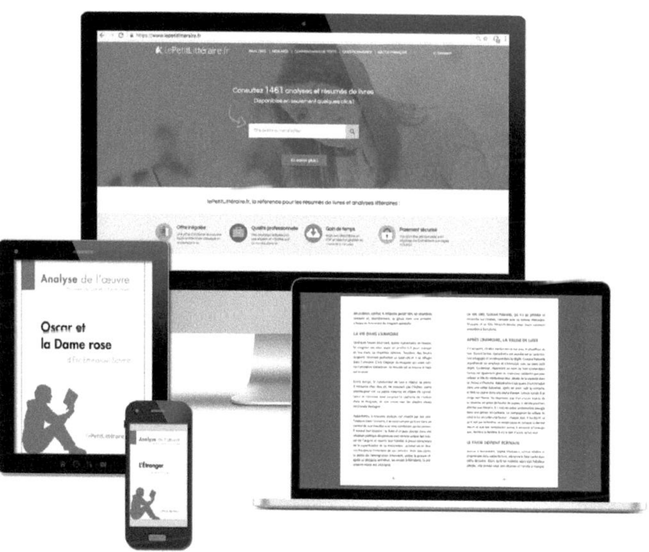

LES ENFANTS SONT ROIS

LES DÉRIVES DE LA SUREXPOSITION DE SOI

- **Genre :** roman
- **Édition de référence :** *Les enfants sont rois*, Paris, Gallimard, coll. « NRF », 2021, 352 p.
- **1ʳᵉ édition :** 2021
- **Thématiques :** célébrité, réseaux sociaux, technologies, épanouissement, enfance

En 2001, l'émission *Loft Story* lance la mode de la téléréalité en France. 18 ans plus tard, Mélanie Claux, obsédée par la célébrité, a fini par monter sa chaine YouTube dans laquelle elle met en scène ses propres enfants. Elle croit ainsi avoir atteint son but ultime en devenant connue, mais un jour, l'aventure tourne mal : sa fille Kimmy est enlevée en bas de leur immeuble lors d'une partie de cachecaches. La policière Clara Roussel, dépêchée sur place avec sa brigade, découvre l'immense célébrité de la famille, mais aussi ses travers. Mélanie exploite ses enfants avec des cadences infernales et a progressivement coupé les ponts avec la vie réelle, ce qui n'est peut-être pas sans incidence sur ce qu'il s'est passé...

Avec *Les enfants sont rois*, Delphine de Vigan ancre son histoire dans une époque pas si différente de la nôtre, où les téléréalités, les chaines YouTube ou les stories Instagram sont légion. Les enfants Diore, héros de la chaine gérée par leur mère, sont surexposés et ne peuvent plus vivre sereinement leur enfance. Le roman constitue donc une critique de ces pratiques qui rendent publique la vie d'enfants qui n'ont rien demandé, ainsi que des dégâts sur leur personnalité et leur vie future. La critique pointe aussi du doigt l'attention accordée à la responsabilité des parents, qui prolongent leur propre désir de reconnaissance à travers leur progéniture, mais qui sont eux-mêmes le reflet des conséquences d'un nar-cissisme exacerbé par les technologies. Un projet de série télévisée est actuellement en préparation.

DELPHINE DE VIGAN

ROMANCIÈRE, SCÉNARISTE ET RÉALISATRICE FRANÇAISE

- **Née en 1966 à Boulogne-Billancourt (France)**
- **Quelques-unes de ses œuvres :**
  - *No et moi* (2007), roman
  - *Rien ne s'oppose à la nuit* (2011), roman
  - *D'après une histoire vraie* (2015), roman

Née le 1ᵉʳ mars 1966 à Boulogne-Billancourt, Delphine de Vigan grandit avec une mère souffrant de bipolarité. Après l'hospitalisation de cette dernière, elle habite en Normandie avec son père, puis fait une prépa littéraire avant de tenter le concours de l'école Normale Sup. Mais elle souffre d'anorexie à cette époque et est sous-admissible, aussi se tourne-t-elle vers un DUT information-communication. Elle travaille alors dans une société d'études, puis reprend des études au CELSA et fonde un département d'observation en entreprise dans un institut indépendant. C'est bien après, quand elle cesse d'écrire son propre journal intime, que Delphine de Vigan commence à rédiger en vue d'être publiée. Son premier roman, *Jours sans faim*, inspiré de son anorexie, est publié en 2001 chez Grasset.

Elle rencontre un grand succès dès ses premiers romans. En 2011, trois ans après le suicide de sa mère, elle lui dédie *Rien ne s'oppose à la nuit*, roman multiprimé. Elle se tourne vers l'audiovisuel la même année en cosignant le scénario du film *Tu seras mon fils*. En 2013 sort son premier film, *À coup sûr*. Son huitième roman, *D'après une histoire vraie*, est adapté au cinéma et en téléfilm. Elle a par ailleurs été membre du jury de plusieurs festivals cinématographiques. En 2019, son éditrice est nommée chez Gallimard et après des années aux éditions JC Lattès, Delphine de Vigan choisit de la suivre. *Les enfants sont rois* est son premier roman chez son nouvel éditeur. Mère de deux enfants d'une première union, elle est aujourd'hui la compagne de François Busnel (journaliste et animateur TV, né en 1969).

RÉSUMÉ

DES ENFANTS DÉTRUITS PAR LES RÉSEAUX SOCIAUX

En 2031, Kimmy et Sammy Diore ont 18 et 20 ans et ont suivi des trajectoires différentes. La première a vécu une adolescence difficile faite de drogue et de sexe, le second réalisait des tests de jeux vidéos sur YouTube avant de se retirer de tout réseau sans explication deux ans auparavant. Sans nouvelles de son frère et ayant plus ou moins coupé les ponts avec ses parents, Kimmy décide un jour d'aller voir Clara Roussel, la procédurière qui a enquêté sur son enlèvement survenu quand elle avait six ans. Son désir est d'accéder à son dossier, de retrouver la trace de la femme qui l'a enlevée et de comprendre ce que sa mère a fait en l'exposant sur YouTube dès ses deux ans. Elle découvre un univers qui a progressivement détruit sa famille, et comprend que son frère s'est sacrifié en prenant sur lui l'obéissance parentale pour qu'elle-même puisse fuir. Kimmy veut alors obtenir justice : comme d'autres enfants d'Internet avant elle, elle décide de porter plainte contre ses parents pour, entre autres, violation du droit à l'image.

Mélanie Claux, la mère de Kimmy et de Sammy, vit de son côté dans un monde en apparence parfait. Elle habite une grande maison dans le sud, avec son mari Bruno, et mène une vie confortable. Niant que ses relations avec ses proches se soient distendues, elle continue de prétendre aux spectateurs de sa vie quotidienne que la famille est unie. Son quotidien bien huilé, fait de placements de produits et de tests variés, bascule quand elle apprend par les médias que Kimmy a déposé plainte contre elle. Choquée, elle cesse la diffusion de son émission et n'accomplit ses tâches que mécaniquement, se raccrochant aux branches. Bruno, qui n'a cessé de la soutenir depuis 20 ans, lui téléphone alors pour lui signifier qu'il n'en peut plus et qu'il va dormir à l'hôtel. Bien que bouleversée, Mélanie imagine déjà quelle vidéo elle pourrait réaliser à ce sujet et ne cesse de se répéter que tout va bien. En parallèle, Kimmy retrouve Sammy, terré chez lui et en proie à une immense paranoïa, croyant qu'il est espionné par des caméras en permanence. Kimmy en doute et, pourtant, croit apercevoir une fraction de seconde une minicaméra sur le papillon qui l'a suivie jusque chez son frère...

UNE ENFANCE SOUS LES PROJECTEURS

En 2001, Mélanie Claux et Clara Roussel découvrent la téléréalité avec la diffusion de Secret Story. Alors que la deuxième est assez indifférente à cet univers, la première est immédiatement fascinée par cette célébrité facile et sans talent requis. Après avoir échoué à percer dans cet univers – elle participe à l'émission *Rendez-vous dans le noir* et n'y reste qu'un numéro –, elle découvre Facebook puis YouTube peu après la naissance de sa fille. C'est le début d'un engrenage dévastateur pour la famille Diore, puisque Mélanie se prend au jeu et trompe l'ennui en trouvant chez des inconnus la reconnaissance qu'elle ne trouve pas chez ses proches. Sur le site des vidéos, elle découvre ainsi les chaines et notamment celles où les gens s'exposent en train de faire de petites actions quotidiennes. Sur Facebook, elle est nominée pour le Motherhood Challenge – qui consiste à poster des photos illustrant son bonheur d'être mère – et met en scène des photos de Sammy. Sur YouTube, elle visionne les vidéos de Minibus Team, présentée comme la première chaine en France exposant des enfants, et s'imagine être à la place du papa des vidéos.

Mélanie commence alors à élaborer toute une stratégie pour atteindre la célébrité. Elle fonde une chaine YouTube où elle filme Kimmy en train de chanter. D'abord nommée Kim the Singer, la chaine prend ensuite le nom de Happy Récré. Peu à peu, Sammy rejoint l'aventure. Les enfants n'ont alors que deux et quatre ans. Mélanie s'ingénie à nouer des partenariats, multipliant les vidéos de présentations de marques, et à monétiser les vidéos. Bruno, son mari, en vient à quitter son travail pour l'épauler. La famille en vient même à acheter l'appartement mitoyen au sien pour en faire un studio de tournage. Quatre ans après la création de la chaine, Mélanie a atteint son objectif au-delà de ses espérances : la communauté Happy Fans dépasse de loin Minibus Team et cumule 5 millions d'abonnés et des revenus annuels très conséquents qui permettent à Mélanie de faire vivre sa famille à elle seule. Elle a surtout acquis à travers ses enfants la célébrité à laquelle elle a toujours aspiré. Mais même si elle voudrait faire croire le contraire, cela ne s'est pas fait sans heurts. Elle a progressivement coupé tout lien social avec ses voisins pour s'enfermer dans son univers virtuel, Sammy est harcelé à l'école et Kimmy subit de plein fouet un burn-out qui la pousse à vouloir tout arrêter.

LA DISPARITION DE KIMMY

Le 10 novembre 2019, après une énième sortie shopping sponsorisée par Nike, Sammy et Kimmy participent à un cachecache avec d'autres enfants de la résidence. Pendant la partie, la fillette va se cacher dans le parking et y retrouve Elise Favart, une ancienne amie de sa mère. Elle se cache innocemment dans la voiture, mais la conductrice sait à quel point Kimmy est exploitée et voyant son propre fils ravi de revoir son ancienne amie, elle met le contact et démarre sans réfléchir. Elle rentre chez elle, prétexte que son fils est malade pour ne pas recevoir de visites, et s'occupe parfaitement de la petite fille ensuite.

Sammy, de son côté, finit par s'apercevoir que sa sœur ne revient pas et va prévenir sa mère. Après avoir vainement cherché Kimmy pendant plusieurs heures, elle prévient la police. Une brigade de la criminelle est envoyée sur place et c'est dans ce contexte que se rencontrent Mélanie Claux et Clara Roussel. La policière, biberonnée au militantisme et quelque peu réfractaire aux hautes technologies, pose un regard neuf sur cette famille qu'elle ne connait pas. Le lendemain, elle est invitée par Bruno Diore à entrer et découvre un dessin de Sammy avec une cinquième personne aux longs cheveux qu'elle ne reconnait pas. L'enquête piétine : une demande de rançon s'est révélée être une mauvaise blague, et les concurrents et détracteurs soupçonnés, s'ils confirment ne pas apprécier les Diore, n'ont aucune responsabilité dans la disparition de Kimmy.

Au quatrième jour arrive une lettre d'Elise qui demande d'ouvrir le paquet joint dans une vidéo à poster sur YouTube. Mélanie la termine en criant d'horreur : le contenu du colis est un ongle d'enfant, en réalité appartenant au fils d'Elise et naturellement tombé après un pincement. En raison de la diffusion de la vidéo, la nouvelle de la disparition de l'enfant envahit les médias et entraine le transfert des Diore sous un faux nom. Le lendemain, Mélanie décide d'avouer à Clara son aventure avec un certain Greg et la possibilité qu'il soit le père biologique de Kimmy. Cela s'avère être une autre fausse piste : bien que son amant était persuadé d'être le géniteur de la fillette, il vivote chez sa mère plus qu'autre chose et n'a pas approché Kimmy depuis la seule fois où Mélanie lui a accordé cette chance. Le sixième jour arrive de toute manière une autre lettre avec une dent de lait, et l'obligation de faire une autre vidéo où Mélanie virerait 500 000 euros à l'association Enfance en danger. La famille s'exécute, ayant largement les moyens.

Elise, elle, réalise enfin quels ennuis elle s'est attirés. Kimmy n'est subitement plus tant à l'aise et commence à comprendre que quelque chose ne tourne pas rond. C'est un déclic pour cette maman : le 18 novembre, elle va au commissariat avec Kimmy et se dénonce. Elle affirme avoir simplement voulu protéger la petite fille, car elle avait perçu sa détresse, et jure ne lui avoir jamais fait de mal. Elise Favart sera plus tard condamnée à deux ans de prison, puis déménage et se remarie avec un employé du centre où elle a pu faire placer son fils. Quant aux Claux, ils reprennent leur vie là où ils l'avaient laissée. Ils réclament le retour de la somme versée à l'association, continuent les vidéos et engrangent toujours plus de vidéos, de vues et de fans. Malgré le vote d'une loi pour encadrer l'activité des enfants youtubeurs, rien ne change donc réellement dans le petit monde virtuel des protagonistes.

ÉTUDE DES PERSONNAGES

MÉLANIE CLAUX

Mélanie est une femme née vers 1984 qui habite adolescente à La-Roche-sur-Yon. C'est à l'origine une bonne élève, qui vient de finir sa première littéraire, qui vit avec ses parents et sa sœur et est fascinée par la télévision. Après un bac sans mention, elle part à Paris faire une licence d'anglais et travaille en parallèle dans une agence de voyages. À 26 ans, alors que son employeur périclite face à la concurrence en ligne, elle décide de se lancer dans la téléréalité, son rêve de toujours, et intègre le casting d'une émission de rencontre amoureuse. Mais elle ne rentre pas dans le jeu et quitte les studios au bout d'une émission. Son rêve de célébrité continue cependant à la suivre. En 2011, elle rencontre via le site Attractive World et épouse rapidement Bruno Diore. Elle accouche la même année de leur fils, Sammy. Deux ans plus tard, la routine s'est installée et Mélanie n'est plus attirée par son mari. Elle a alors une aventure d'un soir et accouche neuf mois plus tard de Kimmy, dont l'identité du père est donc incertaine. Elle est alors mère au foyer, a une vie rangée dans un appartement d'une résidence sécurisée de Châtenay-Malabry et s'ennuie.

Mélanie a une fascination pour la célébrité et la téléréalité qui va conditionner sa vie entière. En effet, pour se faire (re)connaître, elle va jusqu'à surexposer ses propres enfants dans une chaine YouTube à succès, se répétant à l'envi qu'ils sont heureux de faire ça alors que la réalité est tout autre. Elle a certes un grand talent pour exploiter les rouages des réseaux sociaux, mais en fait sa réalité au point d'occulter ce qui est vraiment important. Le bienêtre de ses proches devient presque invisible, tant il est vital pour elle de faire comme si tout allait bien. Mélanie trouve dans cet univers une perfection qu'elle pense ne pas avoir dans la vie réelle. Même si elle a fondé un foyer, sa famille s'est éloignée d'elle. Ses parents lui préfèrent sa sœur ainée et les enfants de cette dernière, ses seuls amis se sont éloignés, son mari est dépassé par son obsession de célébrité et même ses enfants, à leur âge, se rendent compte que leur mère est hors du coup. La disparition de Kimmy la rappelle à son statut d'épouse et de mère. On peut alors voir que Mélanie est profondément humaine, qu'elle aime son mari et ses enfants, mais qu'elle reste éminemment victime du système médiatique auquel elle a adhéré dès qu'elle a découvert *Loft Story* à 17 ans. Mélanie est en effet un pur produit des réseaux sociaux auxquels elle continue de se raccrocher quand tout s'effondre autour d'elle.

CLARA ROUSSEL

Née vers 1986, Clara est la fille de Philippe et Réjane, deux professeurs militants qui auront passé leur vie à se battre pour diverses causes. Elle est éduquée dans un rejet des technologies modernes qui finit par faire d'elle quelqu'un qui n'est plus en phase avec son époque, à quelques gadgets près. Clara est très petite – elle ne mesure qu'un mètre 54 – en raison potentiellement d'une chute d'un balcon quand elle avait six ans qui a pu affecter sa croissance. Au grand dam de ses parents, après une licence de droit, elle s'inscrit au concours de la police. Quelques mois après sa réussite, son père décède dans un accident et sa mère le suit de peu après une rupture d'anévrisme. C'est dans une colocation que Clara débute sa vie à Vincennes et sa carrière au SAIP – un service d'accueil de proximité – puis dans le groupe Berger à la criminelle. Elle a d'ailleurs d'excellentes relations professionnelles avec son chef qui lui fait une confiance aveugle. Clara est en effet une excellente procédurière, endurante tant physiquement que mentalement, qui repère le plus petit détail. N'aura entaché sa carrière qu'une liaison passionnelle avec un capitaine, avec lequel elle a gardé des liens cordiaux et correspond.

Au contraire de Mélanie, Clara a eu très tôt une vision très lucide et mature du monde qui l'entoure. Entourée d'adultes qui dissertaient sur les méfaits de la télévision et de la technologie, elle n'a fait qu'un pas prudent vers les médias, mais a toujours gardé une réserve vis-à-vis de leur influence négative. Elle a aussi acquis un vocabulaire soutenu, ce qui lui vaut les surnoms d'Académicienne puis de « Maitre Capello » (Jacques Capelovici, grammairien et animateur TV français, 1922-2011). Quand elle rencontre Mélanie, elle a 33 ans et peine à comprendre le monde virtuel dans lequel vit la mère de Kimmy. Elle-même est très préoccupée par l'avenir, par la dominance de plus en plus importante des technologies, et ne veut pas avoir d'enfants. Elle fait bien quelques concessions, en ayant par exemple une montre connectée en 2031, mais reste persuadée d'avoir en quelque sorte raté le virage vers la nouvelle époque. Bien qu'elle paraisse parfois froide en comparaison avec d'autres personnages, l'affaire Kimmy Diore l'a profondément marquée. C'est en effet sa résurgence, la confrontation avec Kimmy devenue adulte, qui la pousse à accepter de rejoindre la brigade des mineurs sous la direction de son ancien chef de groupe.

SAMMY ET KIMMY DIORE

Sammy et Kimmy sont les enfants de Mélanie Claux et Bruno Diore – ou probablement d'un amant de Mélanie pour la seconde. Nés respectivement en 2011 et 2013, ils deviennent vite des enfants youtubeurs sous l'impulsion de leur mère. Ils réalisent alors le fantasme de beaucoup d'enfants : tout avoir tout de suite. Cette profusion de biens et de célébrité finit cependant par les rendre malheureux. Kimmy sature totalement et est épuisée alors que Sammy, du haut de ses huit ans, tente de la protéger en jouant les enfants dociles pour satisfaire sa mère. Les deux enfants sont fort isolés : comme leur temps libre est dédié aux vidéos, ils n'ont quasiment pas de vrais contacts avec des enfants de leur âge. Après l'enlèvement de Kimmy, leurs trajectoires s'opposent à celles de départ : Kimmy qui était populaire est progressivement retirée des vidéos et sombre dans la drogue et le sexe à tout juste 13 ans, alors que Sammy gère sa propre chaine YouTube jusqu'en 2029. Kimmy finira par s'en sortir, alors que Sammy, après avoir vécu un flirt avec une jeune fille qui s'est révélée être fan d'Happy Récré, sombre dans la dépression et la paranoïa.

Les deux enfants Diore sont la cristallisation de la problématique que représentent aujourd'hui les dangers d'Internet et de la surexposition que les parents font de leurs enfants sans leur consentement éclairé. Ils ne se révèlent jamais plus heureux que quand ils peuvent se mêler aux autres comme de simples enfants et non en tant que youtubeurs lors des séances de dédicaces. La chaine Happy Récré ne leur apporte qu'une satisfaction immédiate et de simples admirateurs virtuels, les happy fans. L'année 2031 révèle qu'ils ont tous les deux beaucoup souffert de la célébrité et qu'ils ont eu une vie plus chaotique qu'attendu. Ils tiennent néanmoins encore beaucoup l'un à l'autre et se réconcilient finalement après avoir pris conscience des dégâts que leur mère a engendrés.

CLÉS DE LECTURE

TÉLÉRÉALITÉS ET RÉSEAUX SOCIAUX

Les débuts des téléréalités dites « d'enfermement » en France remontent à janvier 2001, avec la diffusion d'*Aventures sur le net* sur TF6. Des candidats, divisés en trois groupes, devaient s'organiser pour vivre en communauté dans un appartement vide tout en usant d'un temps limité d'Internet à gagner lors d'épreuves. *Loft Story*, programme considéré comme pionnier dans le genre en France, n'est arrivé à l'antenne que quelques mois plus tard. Adaptée du programme néerlandais *Big Brother*, elle repose sur le principe d'enfermer des célibataires dans un loft équipé de caméras et de micros. Ils sont filmés 24 heures sur 24 et éliminés de semaine en semaine au gré des votes du public. L'émission connut un énorme succès médiatique, comme décrit dans *Les enfants sont rois*, mais subit aussi de nombreuses critiques. Elle démarre une ère de voyeurisme et d'émissions souvent liées à la « télé poubelle » – terme qui désigne les programmes à valeur culturelle moindre, dont l'objectif est de faire de l'audience en puisant dans des séquences scandaleuses. L'une des séquences au cœur de la polémique est une scène de sexe dans la première saison. Elle n'a pas été diffusée officiellement, mais découverte et répandue sur Internet après le piratage du site de la chaine M6.

Malgré les controverses et l'arrêt de l'émission après deux saisons, de nombreux concepts similaires émergent : *Nice People* ou *Secret Story*, entre autres. Plus tard, pour surfer sur la popularité d'anciens candidats et cibler un autre public, les chaines produisent également des téléréalités pour les réunir dans des décors nouveaux et parfois exotiques. La téléréalité est toujours largement répandue à l'heure actuelle : *Big Brother*, le concept d'origine, existe toujours et a été décliné des dizaines de fois à l'international, *Koh Lanta*, téléréalité d'aventures, fête ses 20 ans en 2021, etc. Les controverses évoquées en France concernent surtout la partie invisible du système : le casting stéréotypé, les situations orchestrées par la production, la triche, etc.

Dès *Loft Story*, les candidats sont en effet recrutés pour former une certaine image de la France. C'est ce qui ressortira dans le casting auquel Mélanie participe dans le roman : elle ne réussit pas son casting, et n'intègre l'émission que parce que la production apprend qu'elle est vierge. Bien que des psychologues soient présents pour accompagner les candidats, l'impact de la téléréalité sur le long terme s'est avéré très compliqué à négocier pour beaucoup. Loana, citée comme exemple par Mélanie, se bat depuis 20 ans avec ses démons : elle a certes surfé sur la célébrité apportée par *Loft Story* en s'essayant à l'animation, la chanson ou le mannequinat, mais a aussi fait plusieurs tentatives de suicide et fait la une des faits divers à la suite de crises psychiatriques ou de plaintes déposées contre son entourage. Dans le livre, cet impact est surtout illustré par le personnage de Greg, le père biologique de Kimmy : ancien candidat de *Koh Lanta*, après un retour raté dans une émission anniversaire, il ne supporte pas le retour à l'anonymat et se suicide.

L'émergence des réseaux sociaux et des sites de partage divers et variés suit de peu les premières téléréalités à scandale françaises : Facebook devient mondialement accessible en 2006 à toute personne de 13 ans minimum, Twitter est fondé la même année, YouTube et Dailymotion existent déjà. Ces réseaux sont le terrain rêvé pour commenter et partager sur ces émissions comme sur n'importe quel autre sujet, et c'est parfois ainsi plus que par les chiffres d'audience que se mesure la popularité d'un sujet ou d'un candidat. La téléréalité prend surtout un autre visage : à travers les réseaux sociaux, n'importe qui peut mettre en scène son quotidien de façon publique en postant des photos, en racontant sa vie à l'écrit ou en postant de petites stories vidéos. De cette manière, tout un chacun peut combler le manque de reconnaissance qu'il pense avoir, se construire une image publique parfois très éloignée de la réalité, même si toutes les dérives sont également possibles...

LES ENFANTS YOUTUBEURS

La création de YouTube, site de diffusion de vidéos encore dominant aujourd'hui au niveau mondial, a lieu en 2005. Cette plateforme offre l'opportunité à tout individu de diffuser du contenu, ce que beaucoup comprennent en diffusant des scènes quotidiennes, en expliquant des astuces, ou encore en se filmant en train d'interpréter une chanson. Si la majorité des utilisateurs font ça pour leur plaisir, d'autres se sont lancés dans une véritable activité rémunérée, parfois à temps plein. Ils se spécialisent dans des thématiques aussi variées que les tests de jeux vidéos, les tutoriels beauté/maquillage ou des exposés didactiques. Au fil des années, ils développent des partenariats, bénéficient du système de publicité de YouTube et participent à d'autres projets – collections, livres, séries ou films où ils sont préférés aux comédiens de doublages professionnels afin d'attirer les fans en salles. Malgré leur popularité, au point que le mot a intégré les dictionnaires, les youtubeurs restent aujourd'hui plus ou moins méprisés par les médias traditionnels qui les prennent peu au sérieux et s'intéressent plus aux chiffres de leur activité qu'au fond de leur travail.

Si les youtubeurs cités généralement sont de jeunes adultes ou, à la rigueur, des adolescents, le phénomène a aussi touché les enfants au début des années 2010. Cela a d'abord été le cas aux États-Unis, avec des vidéos d'unboxing – du déballage de produits face caméra – qui rapportaient de l'argent à leurs créateurs en partenariat avec des marques qui bénéficiaient d'une bonne publicité. Des chaines telles que Studio Bubble Tea – un père filmant ses filles, comme dans le cas de Minibus Team – ou Swan & Néo datent de cette période. Le type de vidéo se diversifie : l'unboxing est toujours présent, mais, comme ce que Mélanie met en scène dans le roman, on assiste aussi à des défis, des pranks – des blagues pour faire rire aux dépens d'une tierce personne –, des tests d'activités, etc. Ces chaines touchent un très large public : Swan & Néo ont à eux seuls plus de cinq-millions d'abonnés et cumulent plus de six-milliards de vues. Les revenus des enfants découlent tant de la monétisation des vidéos que des produits dérivés nés au fil des années : livres, bandes dessinées, magazines, etc.

Des critiques sont rapidement apparues envers les parents : ces enfants stars étaient en effet très jeunes au début de leur activité sur Internet, et donc potentiellement peu conscients du volume de temps exigé, des sommes gagnées et de l'impact sur leur droit à l'image. L'investissement est énorme pour de jeunes enfants qui sont parfois coupés du quotidien habituellement vécu à cet âge. Il est également arrivé qu'ils soient plus exploités par leurs parents qu'autre chose, avec des conséquences parfois gravissimes puisque des affaires de maltraitance ont été recensées outre-Atlantique. Plus généralement, l'accusation la plus fréquente est celle d'exploitation des enfants sans prendre leur bienêtre en compte, d'autant plus que jusqu'à récemment, les parents étaient les seuls à disposer des revenus générés. En 2020, la polémique a pris de l'ampleur avec la création d'un hashtag #LibérezNéo, qui accusait sa mère, elle aussi youtubeuse, de l'utiliser. Tandis que la mère affirmait déposer les revenus de ses enfants sur un compte bloqué jusqu'à leur majorité, l'adolescent a quant à lui réaffirmé en vidéo qu'il était totalement libre et heureux de pratiquer son activité de youtubeur.

Ainsi que l'écrit Delphine de Vigan, une loi encadrant le travail des enfants influenceurs a bel et bien été votée le 19 octobre 2020 et appliquée à partir d'avril 2021. Elle s'articule autour de trois axes principaux :

- les enfants influenceurs dont l'activité est assimilée à du travail sont soumis au même code du travail applicable pour ceux officiant dans le mannequinat, le spectacle ou la publicité. Leurs parents doivent donc obtenir une autorisation pour les faire tourner. S'il n'est pas question d'une relation de travail, il faut tout même déclarer l'activité au-delà d'un certain seuil de temps et de revenus. Les plateformes doivent de leur côté veiller à établir des chartes informant des risques pour les mineurs ;

- le pécule généré par l'activité des enfants doit être placé à la Caisse des dépôts et consignations, et est ainsi bloqué jusqu'à la majorité ou l'émancipation du concerné ;

- les enfants bénéficient du droit à l'effacement et à l'oubli prévu dans la loi Informatique et libertés de 1978, et peuvent donc exiger, même sans consentement parental, le retrait des vidéos où ils figurent.

Comme cela s'est vérifié dans la réalité, le personnage de Mélanie Claux a dû légèrement adapter son fonctionnement. Chacun de ses enfants bénéficie d'un compte à la Caisse des dépôts et consignations et, en prévision du passage de la loi, elle a créé une chaine pour Kimmy et Sammy, celle du second connaissant le plus de succès. Le fond du travail des Diore ne change cependant pas. Le roman fait même la prédiction pessimiste d'une enquête du journal *Le Monde* en 2023 sur des stratégies et montages financiers établis par les parents pour contourner leurs nouvelles obligations.

L'IMPACT PSYCHOLOGIQUE DES PRATIQUES INTERNET

S'il est largement question des conséquences de leur activité de youtubeurs pour Kimmy et Sammy, toute la publicité qu'ils font ne serait rien sans un public pour la regarder et la suivre. C'est pourquoi il est aussi beaucoup question de ce que génèrent leurs vidéos pour les enfants spectateurs. Les stars de Happy Récré sont des modèles, ils paraissent être des enfants beaux et privilégiés qui ont tout ce qu'ils veulent. Mélanie va même plus loin : elle fait participer la communauté en leur faisant prendre des décisions. Par exemple, dans la première story mentionnée dans le roman, elle demande son avis sur les chaussures qu'elle va acheter pour Kimmy. La manœuvre est destinée d'abord à honorer un partenariat préétabli avec Nike en montrant les produits à l'écran, puis à toucher un maximum de personnes susceptibles d'aller acheter ces chaussures. La même logique vaut pour tous les produits présentés, quel que soit le format de la vidéo : restauration rapide, jouets, pâte à modeler, vêtements, etc. Les deux parties sont gagnantes : Happy Récré engrange des vues, et les marques se vendent plus. Les enfants qui regardent les vidéos, eux, peuvent être pris au piège de la surconsommation et vouloir, comme leurs idoles, tout avoir alors qu'ils n'en ont pas forcément besoin. Se crée alors un besoin artificiel d'avoir toujours plus, d'obtenir la satisfaction immédiate de ses désirs, mais avec un bienêtre qui ne dure pas, et enferme l'individu dans un cercle vicieux.

Également victimes de cette surconsommation, Kimmy et Sammy ont certes des montagnes de jouets au point qu'il faut souvent faire un tri et en revendre, mais cette profusion de bien matériels ne suffit pas à masquer leur grande solitude. Coupés de la vie réelle, constamment soit à l'école soit au travail pour les vidéos, ils manquent de beaucoup d'éléments émotionnellement nécessaires à leur construction. Il est notamment dit à plusieurs reprises qu'ils n'ont pas le temps de s'ennuyer, de ne simplement rien faire. Leur lien avec leur mère surtout se distend petit à petit : ils sont déchirés entre l'amour maternel, qui les pousse à tout faire pour la satisfaire, et la volonté de s'affranchir de leurs obligations pour avoir une vie normale. Kimmy, de par son jeune âge, est particulièrement atteinte puisqu'elle est incapable de dire non face à la colère de sa mère quand elle veut arrêter Happy Récré. Sammy, lui, est quelque part devenu mature trop tôt : à seulement huit ans, il a déjà compris qu'il doit se sacrifier s'il veut laisser une chance à sa sœur de retrouver sa liberté un jour. Mais lui aussi subit de graves dommages psychologiques et n'arrive pas à nouer de relations. La seule fois où il essaie se révèle être un fiasco, puisque la jeune fille ne s'intéresse à lui que parce qu'elle est une fan et collectionneuse d'objets liés à Happy Récré.

Le personnage de Mélanie illustre quant à lui une génération qui a grandi – ou moins vécu dès l'adolescence – avec la téléréalité, les réseaux sociaux et la vision d'une célébrité facile et fort rémunératrice. Le virtuel a pris le pas sur le réel : sa réalité, c'est Happy Récré et tout ce qui va avec. Elle tient tant à la célébrité et à la reconnaissance qu'elle y trouve qu'elle ne supporte pas que quoi que ce soit sorte du canevas qu'elle a établi au fil des années. En témoigne sa colère terrible contre Kimmy, peut-être la seule, quand elle envisage de tout arrêter. Elle nie également farouchement tout impact sur sa famille et persiste à faire comme si tout allait bien, même quand tout prouve le contraire. Mélanie illustre donc le public qui a soif de voyeurisme et de figures stéréotypées et populaires auxquelles s'identifier. Elle est en perte de sens, qu'elle tente de retrouver dans des objectifs et des relations qui ne sont que façade. Elle gâche sa seule amitié – celle avec Elise, autrefois sa voisine, qui enlèvera ensuite Kimmy – et est totalement aveugle au fait que son mariage et sa famille prennent l'eau. Pourtant, bien qu'elle soit coupable de trop s'accrocher à une célébrité artificielle et qu'elle en oublie de ce qui est vraiment important, Mélanie est elle aussi une victime. Elle a subi l'impact de multiples stratégies de manipulation, dans les castings de téléréalité, dans les challenges de Facebook, dans la sphère dorée que représentait pour elle YouTube, et s'est totalement laissé prendre au piège. Mélanie tient d'une génération qui a grandi avec l'avènement des nouvelles technologies, et qui n'a toujours pas fini de voir arriver les conséquences psychologiques de ces médias qui constituent une vie toujours plus idéale que la réalité.

PISTES DE RÉFLEXION

QUELQUES QUESTIONS
POUR APPROFONDIR SA RÉFLEXION...

- Quel sens peut-on donner au titre du roman, *Les enfants sont rois* ?

- Comment la diffusion de *Loft Story* en 2001 a-t-elle profondément marqué la vie de Mélanie ?

- De quelle manière les mésaventures de Mélanie avec l'émission *Rendez-vous dans le noir* éclairent-elles les rouages de la téléréalité ?

- Comment la téléréalité a-t-elle transformé la notion de célébrité ?

- Quelle image Kimmy et Sammy renvoient-ils des enfants youtubeurs d'aujourd'hui ?

- En quoi leur activité bouleverse-t-elle profondément le destin des deux enfants ?

- Que dit le phénomène fictif Happy Récré sur l'influence des chaines YouTube aujourd'hui ?

- Clara est un personnage discret, qui a néanmoins un regard lucide et maturé sur l'évolution du monde. En quoi est-elle l'antithèse parfaite du personnage de Mélanie ?

- Malgré toutes ses mauvaises décisions, Mélanie est en fait un pur produit d'une ère traversée par l'obsession de célébrité, la téléréalité et l'exposition de son intimité sur les réseaux. Qu'est-ce que son personnage exprime quant aux dérives de l'époque actuelle sur le quotidien et le bienêtre des individus ?

POUR ALLER PLUS LOIN

ÉDITION DE RÉFÉRENCE

- DE VIGAN D., *Les enfants sont rois*, Paris, Gallimard, coll. « NRF », 2021.

SOURCES COMPLÉMENTAIRES

- « LOI n° 2020-1266 du 19 octobre 2020 visant à encadrer l'exploitation commerciale de l'image d'enfants de moins de seize ans sur les plateformes en ligne », in *www.legifrance.gouv.fr*, consulté le 25/11/2021. URL : https://www.legifrance.gouv.fr/jorf/id/JORFTEXT000042439054.

- CUISSET F., « 20 ans de téléréalité, retour sur le phénomène Loft Story », in *www.rtbf.be*, consulté le 1/12/2021. URL : https://www.rtbf.be/emission/culture-club/detail_20-ans-de-telerealite-retour-sur-le-phenomene-loft-story?id=10755445.

Votre avis nous intéresse !
Laissez un commentaire sur le site de votre librairie en ligne
et partagez vos coups de cœur sur les réseaux sociaux !

lePetitLittéraire.fr

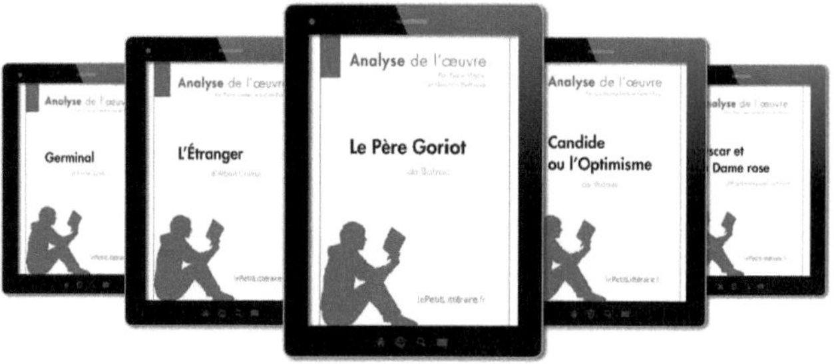

- un résumé complet de l'intrigue ;
- une étude des personnages principaux ;
- une analyse des thématiques principales ;
- une dizaine de pistes de réflexion.

**Retrouvez
notre offre complète sur
lePetitLittéraire.fr**

www.lepetitlitteraire.fr

ISBN version numérique : 9782808026130
ISBN version papier : 9782808026147
Dépôt légal : D/2021/12603/147

Conception numérique : Primento,
le partenaire numérique des éditeurs.